루트안의 이층집

진혜정 시조집

상상인 시선 *058*

루트안의 이층집

•본문 페이지에서 한 연이 첫 번째 행에서 시작될 때에는 〈 표기를 합니다.
•저자의 의도에 따라 작품의 보조 동사와 합성 명사는 띄어쓰기가 달라질 수
있습니다.

시인의 말

누가 문을 두드릴까

그 문 너머
오래된 그리움을 정복하고 싶다

어느 직전까지
기다리고 싶을 때가 있다

2025년 4월
진혜정

1부 오소서 허기진 그리움,
우리들의 만찬으로

2부 풀잎에 닿았니
      바람에 도착했니

3부　　그날의 빗소리까지
꽃으로 피고 있다

4부　생각들은 때때로
　　　　너무 쉽게 증발한다

1부

오소서 허기진 그리움,

우리들의 만찬으로

그 작자

동화책을 읽다가
도깨비를 만났다
대궐 같은 기와집도
한순간에 만들고
혹부리 영감님 혹을 떼고 있던 그 작자

목이 긴 거북이를
수족관에서 만났다
갇혀서 사는 게
목 때문이라 여기며
짧은 목 되게 해 달라 빌고 있던 그 작자

알록달록한 상어를
골목에서 만났다
꼬리도 쳐내고
지느러미도 없애고
이빨도 뽑아버린 후 웃어주던 그 작자

시인 서사

표준전과라든가 동아전과라든가
하나씩은 장만했는데

애당초 풀칠거리도
없어서 꿈도 못 꾸고

낱말 뜻 지어낸다고 족히
두세 시간은 썼는데

반대말 비슷한 말은
대충 지어냈지만

고놈의 낱말 뜻은
두 바닥 적기 힘들었다니까

바닥은 사투리이고
쪽이 맞는 표현이라네요

'틀린 것 한바닥 쓰기'
숙제도 많이 했는데
〈

내 인생사도 한쪽쯤
다시 쓸까 물으니

아서라, 낱말 뜻 짓다가
시도 지었다네요

거짓말, 참말

암 요양 병동에서
친구가 말했다

시설도 괜찮고
밥도 잘 나오고

산책도 자주 하는데
집에 가고 싶다고

그 옛날 친정어머니
요양 병원 면회 가면

시설도 괜찮고
밥도 잘 나오고

집보다 더 편안하다
하셨던 말 거짓이라고

산수유꽃 좋아하던
배롱나무꽃 닮았던
〈

산그늘이 된 너는
외로워 찾아간 내게

이승이 더 살만하다고
참말을 해 준다

황제펭귄의 허들링huddling

바깥에 섰던 네가
간절하게 요구했다

등짝이 너무 시리니
한 걸음씩 옮기자고

안쪽에 있었던 내가
자리를 내주었다

그 전의 혹한은
기억도 나지 않는다

체온도 나눠야 하고
살을 맞대야 사는데

허들링huddling하고 있던 네가
쏙 빠져나간다

서로 붙어 몸을 비벼야
동사하지 않을 텐데
〈

혼자 추위에 맞서
전사처럼 사라진 너

폭풍을 견디고 있을
그 바다는 뜨겁기를

동행

영화감독이 꿈인
멀대 같이 큰 사내가

'나는 내일 어제의 너와 만난다'는
영화를 보고

그녀와 헤어지기 싫어
펑펑 울며 청혼을 했어

졸면서 영화를 본 여자는
영문을 잘 몰랐지만

우는 남자가 귀여워
꽃처럼 웃으면서

내일 또 만날 수 있다고
청혼을 받아 주었어

나는 내일로 가고
너는 어제에서 오지 않아
〈

나의 한 달 뒤에는
너도 함께 가는 것

가끔씩 명동성당의
종소리를 함께 듣는 것

현대판 쥐

쥐의 똥구멍을 꿰맨 여공이 있다는 데
들어 보았니?

배변을 못 하게 막아
미치게 하는 거래

아무도 안 할 것 같지?
그녀가 했다는군

남은 쥐들은
회의를 했어

그녀와 고양이 중
누구 목에 방울을 달지

방울을 달 수 있는 쥐가
있을지는 의문이야

죽는 것과 미치는 것 중
어느 게 다행인지
〈

서울 강남 한복판에
삼삼오오 모인 쥐들이

아무리 머리를 맞대도
결론이 안 난다네

어느 날 변명

락스 물이 탁탁 튀어
옷 탈색이 되었다

연잎 물을 들인 듯
고왔던 자리인데

민들레 꽃씨 퍼지듯 변명이 묻어난다

바람 숭숭 드나들어
울고 있는 풀잎 옆에

꽃대를 올리고
꽃송이를 촘촘 박고

당신은 수를 놓아서 상처를 봉합한다

미안 돼지

동양 아이들은 오줌을 빼내고
바람을 넣었단다
입구를 칭칭 묶어
오줌을 약간 남겼어
적당히 무게가 있는 축구공을 만들었지

서양 화가들은 오줌을 빼내고
안료를 넣었어
필요할 때마다
구멍을 뚫어 사용했지만
행여나 방광주머니가 터질까 전전긍긍했지

오늘 나는 오줌을 빼내고
파스타를 넣었어
오줌보였던, 축구공이었던,
염료보관통이었던 너를 보니
애초에 주인이었을 돼지에게 미안해

주연 희망 쪽대본

전생前生에 나는
동료 기생 1이었을까

입술을 다문 논개가
내 옆으로 왔을 때

암말도 못 하고 그냥
옷매무새만 고쳐 주었다

왜장을 안고 몸을 날린
논개가 처연히 가고

서늘한 눈빛을 한
남강이 저리 멍드는데

군사들 밥을 나르던
나는 무얼 할지 몰랐다

이생에서 나는 또
스쳐 가는 행인 1일까?
〈

밥하고 **빨래**하고
청소하고 동동거리며

생각도 야망도 접은
인물로 살고 있다

내 인생의 쪽대본을
누가 적어다 주는지

누이 2 아줌마 3
조연으로 산 것 접고

구겨진 은박지화에
시인을 덧칠해 보자

천생연분 나의 갈비뼈님

아주 작은 연못이었다
은물결 잔잔했던

수줍은 산신령이
갈비뼈를 내밀며

주인을 물어 왔을 때
내 것이 아니라 했다

정직한 여인네라고
덤이 오는 건 아니다

금갈비뼈 은갈비뼈
다 연못에 잠겼고

한 번 본 그 산신령은
다시 나타나지 않았다

눈곱을 떼어 내고
돋보기를 장만했다
〈

연못에서도 찾다가
숲에서도 찾다가

드디어 찾은 갈비뼈
구멍이 숭숭하다

하멜과 시인의 임금 청구서

십삼 년 받지 못한
하멜의 임금을 청구합니다

아름답던 큰 배는
난파선으로 변하고

이십 대 꿈 많던 그는
사십 대가 되었습니다

사십 년 받지 못한
시인의 임금을 청구합니다

곱슬곱슬 검던 머리는
파뿌리로 변하고

이십 대 젊은 꿈은
나이를 먹어 갑니다

서기관으로 표류기를 쓴
하멜에게 동인도회사는
〈

변호인으로 삶의 애환을 쓴
시인에게 독자 여러분은

임금과 살만한 세상을
각각 지급해 주세요

우리들의 만찬

동네를 마실 갔던
넉살 좋은 바람이
대문을 기웃대다가
엉덩이를 디밀더니
어느새 아궁이로 가 제 속내를 풀고 있다

얌체 같은 세월이
자꾸 뜸을 들여서
지독한 기다림도
타지 않아 좋다며
그녀는 잘 익은 밥을 식탁 위에 차린다

부대끼며 무쳐진
나물들이 고소하다
흔들리며 졸아든
국물들이 달달하다
오소서 허기진 그리움, 우리들의 만찬으로

돼지와 친구 되기

관절도 없이
불쌍하게 태어난 그대
한때는 복을 관장하던
하늘의 신이었다
때로는 땅에 내려와 분탕질을 쳤지만

사람들은 영악해서
당신을 알아보고
소원을 들어달라고
정성을 다해 빌고
당신의 콧구멍에다 돈을 쑤셔 박고 있다

그대 코가 가렵거나
때론 귀가 가려우면
돈으로 해결하려는
죄만큼은 따져주게
절절한 고해성사는 못 들은 척 해 주고

마음 조리질

요즘엔 조리질이
잘 안 되는 것 같아

눈발이 휘날려
집중할 수가 없어

돌이 된 응어리들을
조리가 잘못 걸러

쭉정이는 둥둥 띄워
흘려 보내야 하는데

마음에도 언제 이리
생채기가 났는지

알곡을 못 건져내고
헛손질을 하고 있어

언제까지 한을 씹다
다칠 수는 없잖아
〈

삼십 년도 넘게 해 온
감정의 조리질인데

손목이 자꾸 시려 와
겨울강이 얼고 있어

2부

풀잎에 닿았니
바람에 도착했니

충무공동 이야기

추억의 한 귀퉁이를
흥정해서 땅을 샀다

박봉이지만 창조력과는
무관한 일이기에

영천천 강변 한 자락을
데려올 수 있었다

가끔씩 너를
곰이라고 상상한다니까

친구는 나를 보고
'명품병'이라 진단했다

마늘과 쑥만 있으면
진주 가서 살고 싶다

매미의 파업

하늘에서 매미 울음
우박처럼 쏟아져

이 나무에도 앉고
저 나무에도 앉는다

머리에 띠를 두르고
팔뚝도 걷어붙였다

땅속 칠 년 너무 길다
나무 수액 영양가 없다

우화 과정 단축과
정년 보장도 내세우더니

집시법 소음 위반으로
보름 만에 해산되었다

매미는 복지정책으로
꽃에 앉기를 요구했다
〈

어둠을 견디고
날개도 달았으니

꿀 한번 빨아보는 게
소원이라고 외쳤다

청마 아내

청마기념관에는 빛바랜
아내의 초상

사랑에 눈멀어
처자식을 내려놓은

멀끔한 사내 옆에서
가족사진을 박았다

뭍 같은 그 여인을
감내했던 본처 자리

파도 같은 제 사내를
원망하다 피멍 든

허공에 매달지 못한
애달픔이 펄럭인다

속병도 청승도
환갑에 드니 갑절이다
〈

나도 총총히 우체국에 가서
"사랑하는 것은 행복하나니라"

청마의 아내에게로
편지 구절을 보낸다

진시황 병마용갱은 뮤지컬처럼

지하갱도 옆으로
수은강이 흐른다

불로장생을 꿈꾸던
진시황이 주인공이고

늠름한 병마용들도
단역 하나씩 맡았다

'영원히 죽지 않으려면 어떻게 해야 하지?'

독백을 시작으로
단체군무가 이어진다

후궁도 전차와 말도
분주히 드나든다

일하던 노예들도
기계를 만든 장인도

대사를 외고 있다

찬조 출연을 하나 보다

천상과 지하를 오가며
뮤지컬이 한창이다

빗물 오류에 대하여

우리는 개울물이었을까 강에서 만나지 못한
끝없는 기다림 끝에
하늘로 솟았다가
마침내 빗물이 되어
산에서 만나기로 한

향기도 하나 없이 소문도 하나 없이
잎보다 꽃 먼저 핀
계수나무 옆에 서서
이제는 손을 맞잡고
재회를 해 보자

풀잎에 닿았니
바람에 도착했니
기다림에 지쳤다고
조금 먼저 왔다고
봉분에 쏙 들어간 건 반칙이야 빗물!

차마고도를 지나는 신랑

복사꽃 피는 계절에
고생꽃이 피고 있다
소금물을 져 날랐던
신부의 등짝 위로
소금의 무게보다 더한 목구멍들이 실린다

말과 신랑과 소금이
차마고도를 지난다
세상에서 가장 좁고
가파른 길을 지나
협곡을 지나는 동안 신혼이 시작된다

노예 같은 삶이라는
비수가 꽂혀도
달디단 별 한 자루 싣고
한 발 한 발 내딛는다
천지로 튀어 번지는 복사꽃 결혼도원으로

거제에서 하룻밤 기원

체코에서 두 달 살기를
하고 온 친구가

프라하도 부다페스트도
할슈타트도 아름다웠지만

거제의 밤이 좋다고
조명처럼 얼굴 환하다

내 생각을 재단해
연필 몇 개를 만들었다

정치가가 어부보다
배불러선 안된다고

오월의 샛바람소리길
담벼락에 적는다

수안마을

김해 수안마을에
수국이 피었다

산성토양에는 파란 꽃으로
염기성토양에는 빨간 꽃으로

웃음도 아픈 속내도
드러내 주어 고맙다

골목길 올라가니
능소화 핀 집이 있다

구레네 사람 시몬마냥
그 길을 지나가며

예수님 십자가처럼
짐도 대신 지고 가련만

여고 동창과 꽃천지 식당

무궁화호를 타고 와서
북천역에 내려 봐

코스모스 얼굴을 한
친구가 가게를 열고

메밀꽃 향기 가득한
'여고 시절'을 팔 거야

옥수수가 익은 후에
찾아와도 된단다

천방지축 백일홍이
전단지를 돌리고 있고

노련한 회귀박터널이
주방장을 꿰찼어

'여고 시절'을 주문하고
들판에 앉으면 돼
〈

거기는 시골이라
인심이 푸짐해서

이병주 문학관이란
덤도 한 상 줄 거야

한 남자의 절규

핏빛으로 노을 진
하늘을 배경 삼아

홀린 듯 난간에 기댄
익숙한 표정 하나

두 귀를 감싸고 서서
세상을 차단한다

뭉크와 같은 표정인
아픈 증상도 같은

하늘나리꽃 같은 당신이
덜 외로웠으면 좋겠다

내세울 명예도 없고
집 한 칸 없어도

일몰바라기

유유자적 요트 위에서
지는 해를 구경한다

뱃전에 매단 등에
소리 없이 불이 오고

우리는 근심 하나씩
바다에 떨궈 갔다

세월에 밀려나도
당당한 너를 보며

통영에서 비운 서녘이
내려놓은 한 편의 시가

친구야 황혼에 드니
일몰이 더 찬란하다

여름날의 기생초

길가에 하늘하늘
예쁜 꽃을 보았다

얼마나 분칠을 했는지
향내도 진동이다

어머나 어쩌면 좋아
이름이 기생초란다

귀엽고 당돌하고
새초롬한 모습에

자꾸자꾸 찾다 보면
정분이 날 것 같다

땡볕에 사랑은 무슨
바람이 밀어낸다

금호지를 찾아

후둑후둑 꽃비가
핑계를 대며 내리고

단발머리 여고생은
소풍을 온 듯하다

농담이 먹혀서 좋다
눈에 익은 것 천지다

말도 안 되는 이야기를
장황하게 늘어놓아도

너는 그게 좋더라
청룡을 닮았나 봐

고향의 처진개벚나무는
손장구를 쳐준다

동백, 마주치다

별이 많은 밤을 골라
그녀의 유품을 정리했다

낮에는 동백나무
그늘에서 울다가

떨어져 누운 꽃 하나와 그만 눈이 마주쳤다

얼마 전 세찬 비
내릴 때 졌나 보다

견딜 재간이 없었던 걸까
이 작은 아기꽃

향기를 머금은 채로 바닥과 닿아 있다

무섭고 두려웠을
추락을 견뎌내고

냉기와도 맞서서

다시 생의 연을 맺어

내 슬픔 닦아주러 온다 제 설움을 피우고

가지 요리 승리자

찜기에서 건져내면
단단하거나 너무 무르다

시간을 늘렸다가
화력을 줄였다가

과학에 통계를 보태도
타이밍을 놓친다

뽀골뽀골 밥물이 끓을 때
밥 위에 살짝 얹어

뜸이 조금 들 때 꺼내면
기막히게 몰캉했다

사진 속 젊은 어머니가
선빵을 날린다

봄의 꿍꿍이

꽃 몇 놈이 우르르 달려와
나를 때려눕혔다

일대일로 붙어야지
뒤통수가 얼얼하다

코피가 터졌나 보다 꽃물 뚝뚝 떨어진다

공부도 잘 하제
상도 많이 받아 오제

내 우찌 내 손으로
니 대학 가는 길을 막겠더노

그래마 까먹었다카고 일부러 안 사다 줬지

엄마는 무식해서
원서 하나를 못 사 오노

시험 친 애들 다 붙었는데

나도 붙고도 남았겠다

여고 때 9급 공무원 시험 못 친 나는 대학을 갔다

부끄러움의 무게

아홉 식구 쌀독은
수시로 바닥났다

한 되씩 외상 쌀
심부름은 나를 시키고

한 말씩 현금 들고는
어머니가 사 오셨다

친구 만날까 부끄러워
어둑해져야 갔는데

한 됫박 두 됫박
갖다 먹은 외상값이

가마닐 훌쩍 넘길 때쯤
보름달이 차올랐다

중력이 작은 달은
부끄러움도 가벼운지
〈

장대처럼 곧게 서서
하늘 보며 대든 날

쌀보다 하얀 달빛이
꽃비처럼 내렸다

그랬었지 그리고

하룻밤에 천리를 간다는
머릿니를

동생이 어디선가 옮아온
날에는

우리는 일렬횡대로 서서 머리를
내밀었다.

서릿발보다 비장한 눈빛을 한
어머니는

볼 안 가득 바람을 넣고 에프킬라를
뿜으셨다

참빗에 빠지지 않던 질긴 놈도
박멸되었다

살충제가 훑고 간 지금의
내 머리에
〈

혼자 밥을 해 먹고사는 어떤 이가
남았나 보다

수시로 달그락거리며 설거지를
해댄다

눈물을 멈추는 법

따뜻한 나라 놀러 갈 사람
여기 여기 붙어라

울 엄니는 칠 남매를
쓰기 좋게 낳으셔서

우리는 간에 붙었다 쓸개에도 붙는다

해와 꽃이 천지 사방에 깔린 것은
물론이고

장난감 병정들이
나팔 불어 환영하는

막내가 가자는 나라에
여러 명이 붙었다

둘째야, 따뜻한 나라
엄지 한 번 더 세워라

지난해 봄비 내릴 때

황망히 가신 어머니

여기에 붙어보시지요
추억으로 여행!

외할머니의 물독

둘째 아들네 집에서
눈칫밥만 드시다가

보따리 하나 들고
막내딸네 집에 오시면

눈가에 맺힌 웃음이
티밥처럼 터졌다

못 사는 딸네 집에
입 보태러 왔다고

어머니는 반가움을
입방아로 찧으면서

때마다 눈처럼 하얀
고봉밥을 내오셨다

옥답 팔아 공부시킨
큰아들이 객사한 후
〈

두꺼비를 만났을까
콩쥐 같은 외할머니는

독에 물 가득 길어놓고
이야기를 퍼냈다

어서 오세요

가을이면 어머니는
정원에 오신다

색색으로 핀 소국
끝없이 쓰다듬으시고

잘 익은 석류 한 웅큼
내 입에 넣어 주신다

달달하고 새콤한 즙이
온몸으로 퍼진다

꽃분홍 백일홍이
설움처럼 피어나고

살 오른 맨드라미가
투정하듯 웃고 서 있다

주렁주렁 모과가
그때처럼 영글어가고
〈

과꽃이 흐드러지게
피었다 지고 피면

살기는 괜찮냐시며
하늘길 열고 오신다

이름 1

어머니와 큰고모가
남강 다리 위를 지난다

어머니는 나를 업고
큰고모는 동생을 업고

남강이 사회를 보다
광고 큐 쉴 시간을 준다

그사이 시누이와 올케
이름 하나 지었다

큰애 이름 혜정이니
둘째는 은정으로 하자

서로가 쿵짝이 맞아
블루스도 출 뻔했다

은정이 동생은 은영이
은영이 동생은 남영이
〈

이름에 사내 남男자를 써야
고추밭에 터를 판단다

결국은 남영男榮이 덕에
남동생을 얻었다

땅으로 흐르는 일생

어머니가 처음 산 땅은
산 중턱에 있었다
탱자나무 울타리가
근사했던 집을 지나
숨이 턱 막힐 때쯤에 닿을 수 있었다

어머니는 이곳에다
집을 지으려 한 것일까
벽돌 한 장 나르기 힘든
비탈진 험한 산을
묘수를 두러 가시듯 진지하게 오르내렸다

호미로 땅 고르기를
수시로 하면서

배추를 심었다가
고구마를 심었다가
어머닌 가는 세월을
호미로 막고 있었다

이름 2

셋째인 은주는
어릴 때 너무 울어
점집에서 돈을 주고
옥영으로 개명했다
이름에 돈을 쓴 것이 처음 있는 일이었다

또 딸이라고 넷째 이름은
백일까지 아가였다
담뱃값으로 형경이란 이름
겨우 지어 불렀는데
야는 또 입학식 첫날 펑펑 울며 집에 왔다

내 이름 진행갱인데
선생님이 자꾸 진형경이래
야야 니 울지 마라
돈 주고 작명한 기다
다섯째 여섯째 이름은 엄마캉 내캉 안 지었나

꽃은 누구를 위해 피나

지리산 공기 50cc
신록처럼 풀었다

산소 옆을 얼쩡대던
울음이 제 몫을 다해

그날의 빗소리까지
꽃으로 피고 있다

애써 돌보지 않아도
잘 자라주어 고맙다고

애지중지 아끼시던
어머니의 제라늄 뒤편

액자 속 해바라기도
노랗게 웃고 있다

방울꽃, 이팝나무꽃

어머니는 말년에
궁금한 게 많으셨다

딸 안부 손녀 안부
묻고 또 물으시더니

방울꽃 주렁주렁 달고
또 안부를 물으신다

어머니는 냉동실에
떡을 자꾸 넣으셨다

새끼들 굶을세라
넣고 또 넣으시더니

천지에 이팝나무꽃
쌀밥을 피우신다

보리쌀을 안치는 시간

아침에 보리쌀
삶을 물을 안치고

엄마는 일곱째 중
첫째가 될, 날 낳으셨다

생은 늘 보리밥처럼
껄끄럽고 거칠었다

양장 입고 직장 가던
앞집 새댁이 부러워

딸 선생 시키는 게
소원이었던 울 엄마

정년은 못 채웠지만
삼십사 년 나는 선생을 했다

독립운동도 못하고
민주운동도 못했는데
〈

엄마 덕에 따박따박
연금을 받으면서

보리밥 퍼질 때까지
산고를 겪는다

트로피 여정

어머니의 오랜 꿈은
트로트 가수였다

어린 시절 왕사탕을
하도 많이 먹어서

쉰부터 틀니를 껴도
발음은 안 샜다

만석꾼이었던 외할아버지
엄청난 논밭을

한국전쟁 때 외삼촌이
이리저리 말아먹어

울면서 입 하나 덜려고
시집을 갔단다

시집간 첫날부터
빚쟁이랑 잤다는데
〈

딸 여섯을 내리 낳고
막내아들 낳을 때까지

서러운 어머니의 통곡은
노래가 되었다

아무리 병마가 와서
정신줄을 흔들어도

끝까지 붙들었던
구성진 노랫가락

상으로 받은 트로피를
함께 꼭꼭 묻었다

속수무책

엉가 니는 철도 없이
와 자꾸 맛있다카노

계곡에서 방앗간으로
대야를 거쳐 냄비로

스캔들scandal 피우고 다닌
통통한 놈 몇 삼켰기로

떫은맛 우려내고
잘 저어서 맛있제 그쟈?

큰 딸내미 좋아한다고
짬짬이 만드셨다는

단술과 도토리묵에
링거가 꽂힌다

엄마 야는 너무 달아
쟈는 좀 쌉싸래하고
〈

밀치고 돌아온 그날
싸 줄까 묻던 어머니

이중섭 춤추는 가족
도슨트를 듣는다

4부

생각들은 때때로
너무 쉽게 증발한다

등대 프로젝트

아버지의 사업은 늘
암초에 부딪혔다

난파선에 간신히
몸 하나 의지하고

우리는 망망대해에서
표류를 거듭했다

작은 섬을 찾는데
몇십 년이 걸렸을까

아련한 불빛이 있어
겨우 닿을 수 있었다

마지막 불빛을 쏜 건
아버지란 등대였다

옥상 정원의 나무

옥상의 텃밭에서
휘파람을 불어본다

구름도 정답고
하늘도 가까운데

솔바람 같은 그대는 과녁처럼 멀리 있다

발바닥이 뜨거워지고
가슴이 조여 온다

밤새 나는 통증으로
지느러미가 생긴 걸까

파도를 가로지르며 먼바다로 가고 싶다

넓디넓은 들판을
유랑하다 온 너는

꽃 한 송이 피우느라

손발톱이 다 닳아서

지문이 없어진 나를 알아채지 못한다

사랑 유통기한

전생에서 이어져 온
안타까운 내 사랑은

그대를 눈앞에 두고
찰나에 비껴갔다

현생도 글렀나 보다
바람으로나 떠돌까

사랑도 씨앗이어서
유통기한이 있을 텐데

억겁을 거슬러 올라도
변함없는 내 사랑

이렇게 눈물 보태면
철없이 또 싹이 날라

떡잎이 생겨나서
예쁜 꽃이 자꾸 피면
〈

꽃향기 진동해서
그대 알고 찾아오려나

멀리서 오는 발소리에
또 몸살을 앓으려나

루트 안의 이층집
-건축학개론 다시 보기

영화를 보는 내내
근의 공식이 궁금했다

슬픔에도 증명이
필요한 것인지

친구는 우는 나에게
이유를 물었다

어떻게 식을 세워야
풀이가 가능할까

사랑일 때 사랑을 모른
이별일 때 이별을 모른

스무 살 철없는 네가
방정식을 풀고 있다

초록대문 정릉한옥 짝퉁옷 건축모형

어떤 계수를 대입해도

해답이 멀리 있다

똑똑똑 루트 안의 이층집 물음에 물든다

반지 타령

진주댁은 친정 동네가
재개발이 되었다

쏠쏠한 지원금을 믿고
남편은 골프를 쳤다

자신은 죽어라 돈 벌고
살림하기 바쁘다

남편이 단풍 든 얼굴로
반지 하나를 건넸다

친구끼리 계를 모아
하나를 더 장만하고

동창의 부고를 듣던 날
또 하나를 질렀다

자식에게 좋다 하여
새끼손가락에도 끼고서
〈

지긋이 내려다보니
이러다 논개 되겠다

껴안고 빠질 이 없는
남강물이 도도하다

열다섯 살 보석이는

딸 고집에 기어이
푸들 한 마리 데려왔다

아들 한 명 떡 놓으면
써먹을 요량이었는데

보석인 개 이름으로
나에게 불려졌다

언제 갑자기 혹 떠날지 모를
나이가 되어서

안아 보고 쓰다듬어 보고
몸을 자꾸 부대껴 본다

나에게 무슨 인연으로
선물처럼 왔을까

내 죽으면 저승길을
보석이가 안내할까?
〈

울 어머니는 아버지가
데리러 오신 듯한데

보석인 잠에서 깨라고
아침마다 안내한다

마법이 풀리면

내가 이리 니하고
대작도 하는구나

그때는 니가 잘나가
말도 한번 못 붙였는데

동창은 술잔을 들어
호박마차를 만들었다

어제 너무 바빠서
못 먹은 비타민이

유리 구두를 신고
신나게 춤을 췄다

계산이 빠져나간 몸은
수액을 필요로 했다

니가 진짜 혜정이가?
왜 이리 폭삭 늙었노?
〈

뒤늦게 온 동창 한 놈이
마법을 푸는 바람에

열두 시 종 치기 전에
후다닥 돌아왔다

그런 봄

겨울은 신속하게
찬바람을 풀어서

다짜고짜 머리채부터
낚아채 흔들어 본다

텅텅 빈 머리를 들킨
얼굴이 화끈댄다

다음에는 여유만만하게
공덕을 털러 온다

묻어두고 쌓았던 게
금이 가고 깨져 있다

차가운 가슴을 들킨
심장이 콩닥댄다

재빨리 화전놀이 간
봄을 소환한다
〈

급하게 달려오느라
땀에 젖고 허둥대도

얼굴을 어루만지고
심장을 다독이며 온다

아버지와 딸의 거리

선산도 팔아먹고
조부 산도 팔아먹고

마침내 더 팔 것이
없어진 아버지는

저승 갈 노자도 없이
총총히 떠나셨다

산 말고 강물이나
노을이면 어땠을까

퍼내도 차오르고
자고 나면 또 생기는

딸내미 나이가 드니
괜히 그런 맘이 드네

아버지와 나 사이는
평행선도 못 되고
〈

엑스와 와이 값 가진
반비례로 멀었는데

좌표를 뭉개고 오는
젊은 날의 회한 한 점

그때 말표신발은 어디로 달아났을까

말표신발을 기어이 신고
학교에 간 날은

옆 분단 창호네서의
셋방살이도 견딜 만했다

숱 없는 단발머리가
하늘까지 닿았다

고무줄놀이할 때도
저만치 벗어 두고

집에서도 아끼느라
흰 고무신만 신었는데

복도의 신발장에서
사라져 버린 말표신발

색깔이 덜 예쁜
범표신발을 살 걸 그랬다고
〈

고호처럼 자책하며
면도칼을 빼 들던 날

눈썹만 남은 달 하나
절뚝거리며 떠올랐다

어느 음악회

요리조리 길을 헤매다가
찾아간 콘서트장

북적이지 않아 좋았다
초대된 사람이 적은

인문학 공부라고 해서
꼭 철학적일 필요는 없다

생각들은 때때로
너무 쉽게 증발한다

빈체로를 같이 외치며
승리를 다짐했지만

첼로를 연주하는데
아리아를 부르고 싶었다

위내시경 후기

물조차 거부하고
욕심도 비워내고

초소형 카메라가
첩보작전을 펼친다

빠르게 소탕되어진 생선가시 하나 용종 둘

컥컥대다 삼켰던 가시
위산에도 녹지 않고

꾸역꾸역 삼킨 설움
형체도 남지 않고

용종만 떨어져 나와 진료비를 청구한다

벽에 붙은 껌
-회상

단물을 다 빼먹었어
쓴 물까지는 몰라도

세 자매의 지문이
단서는 되었겠지만

아무도 주인을 찾을
엄두를 못 냈지

언니 껌을 떼다가
벽지가 뜯겨도

서둘러 질겅대면서
혐의를 부인하면

취조는 막을 내렸어
허술한 한탕이랄까

뒤집기 한판

엄마의 유산遺産 중에서
이모들이 최고야

자잘함에 치여서
늘 짐이라 생각했는데

그 많던 여형제들은
짐이 아닌 보물이었다

엄마 나는 키 큰 남자와
결혼하는 게 로망이어서

억수로 골랐는데
새첩고 따뜻하네

팔짱을 끼고 온 사위는
키다리 해결사가 되었다

상영 중

나는 봄비처럼
조곤조곤 설명하고

당신은 싸락눈처럼
투욱 툭 내 던진다

당신은 냉정이지만
나는 아직 열정이다

서로 다른 입장을 쓴
대본을 받아 들고

젊은 날 우리는
짬도 없이 멋도 없이

감독의 지시에 맞춰
열연하느라 바빴다

당신이 아팠을 때
내가 외로웠을 때
〈

되돌려보기 할 수 없는
영화는 계속 상영 중이고

대본만 외우고 있던
우리는 늙어간다

날것, 저 싱싱한 삶의 서사

김복근(평론가, 문학박사)

    진혜정의 시조를 읊조리다 보면 툭툭 내뱉는 듯한 육성이 들려온다. 꾸밈과 허식이 보이지 않는다. 그만큼 진솔하다. 머리로 쓴 시조가 아니라 가슴으로 쓴 시조임을 알려준다. 화자의 감정과 상황, 표현이 가공하지 아니한 원형 그대로의 싱싱함으로 발화한다.

    현대는 개성이 존중받는 시대다. 시인은 개인의 본래 면목을 바탕으로 자신의 서사를 써나가는 주체적인 기술력記述力을 보여준다. 흔히 서사는 소설이나 수필, 동화를 비롯한 산문에나 활용되는 개념으로 알고 있으나, 시조에도 절제와 압축을 통해 서사가 그려지기도 한다. 서사는 이야기가 되는 배경, 등장인물의 지향점과 갈등, 전개되는 사건들, 갈등의 해결 등을 포함하며, 이런 요소가 구체화될 때, 독자나 관객에게 감정적인 공감을 일으

키게 된다. 서사는 단순히 이야기를 전달하는 수단 이상의 역할을 한다. 그것은 이야기를 통해 우리에게 중요한 가치와 메시지를 전달하고, 우리의 사고방식과 행동을 바꾸는 데 영향을 미치기도 한다. 서사를 통해 다른 사람의 경험을 간접으로 체득하고, 그 경험을 통해 자신의 삶과 사회에 대한 이해를 깊게 할 수 있다. 글 속에 함의된 서사적 요소는 독자나 관객에게 감정적인 반응을 일으키며, 이는 작품에 대한 이해와 관심을 높이게 된다.

진혜정의 시조는 날것 그대로의 싱싱한 삶의 서사를 통해 중요한 가치와 메시지를 시사한다. 시조에 나타난 그의 삶에 대한 서사는 자신에게 찾아온 어떤 상황을 자신의 체험과 진솔한 삶의 의미를 알레고리로 드러낸다. 서사가 있는 시조는 청자의 눈길을 끌게 하고, 이를 통해 화자는 자신의 경험을 숙성하여 발효한다. 자신이 살아온 삶의 현실을 직시하면서 안쪽에 있던 자리를 내주고, 하늘나리꽃 같은 당신이 덜 외로웠으면 좋겠다고 한다. 코피가 터져 꽃물 뚝뚝 흘리며, 냉정한 상대를 보면서 자신의 열정을 태운다. 솔바람 같은 그대는 과녁처럼 멀리 있지만, 자신이 체감한 그리움과 자연스럽게 융합하여 자기 작품에 대한 이해를 돕게 하는 묘한 마력을 보여준다.

안쪽에 있던 내가 자리를 내주었다

  자리는 사람이나 사물이 차지하고 있는 공간을 의미
한다. 사람들은 그 자리를 차지하거나 좋은 자리에 앉기
위해 애쓰는 모습을 볼 수 있다. 심지어 서로 좋은 자리
를 차지하기 위해 다투거나 전쟁을 치르기도 한다. 이런
모습을 보면서 시인은 자리에 대한 양보의 미덕을 노래
한다.

  바깥에 섰던 네가

  간절하게 요구했다

  등짝이 너무 시리니

  한 걸음씩 옮기자고

  안쪽에 있었던 내가

  자리를 내주었다

  그 전의 혹한은

  기억도 나지 않는다

  체온도 나눠야 하고

살을 맞대야 사는데

허들링huddling하고 있던 네가

쏙 빠져나간다

서로 붙어 몸을 비벼야

동사하지 않을 텐데

혼자 추위에 맞서

전사처럼 사라진 너

폭풍을 견디고 있을

그 바다는 뜨겁기를

- 「황제펭귄의 허들링huddling」 전문

진혜정은 오랫동안 공직 생활을 한 시조시인이다. 자리를 탐하는 사람들을 보면서 이를 해소하기 위한 삶의 방식을 「황제펭귄의 허들링huddling」에서 찾는다. 황제펭귄은 남극의 눈과 폭풍에 의한 추위를 이기기 위해 몸을 밀착하는 '허들링huddling'을 한다. 영하 50도가 넘는 혹한으로부터 '알'을 지키기 위해 허들링으로 협동하고, 서로를 배려하면서 바깥쪽에 있는 펭귄이 추위를 느끼게 되면 안쪽으로 돌아 서로 자리를 바꾸면서 추위를 이겨내는 지혜를 발휘한다. 인간도 펭귄과 같이 '바깥에 섰던' 상대가 '등짝이 너무 시리니/한 걸음씩 옮기자고' 간절하게 '요구'하면 '안쪽에 있었던 내가', '자리를 내'주게 된다. 그러나 인간은 '그 전의 혹한은' 잊어버리고 '기억도 나지 않는다'며, '허들링huddling하고 있던' 자리에서 '쏙 빠져 나'가기도 한다. 상대의 꼬드김에 속아 배신을 당한 화자는 원망하지 않고, 오히려 '서로 붙어 몸을 비벼야/동사하지 않을 텐데//혼자 추위에 맞서/전사처럼 사라진 너'를 걱정한다. 그리고 '폭풍을 견디고 있을/그 바다'가 뜨겁기를' 기원한다. 자리를 탐하는 인간의 삶은 「황제펭귄의 허들링huddling」을 통하여 많은 걸 생각하게 한다. 미사여구로 상대를 회유하고 설득하다가 자리를 차지하고 나면 돌아서고, 다시 싸우는 군상들을 보면서 이를 바로잡았으면 하는 화자의 마음을 시조에 담아냈다.

하늘에서 매미 울음
우박처럼 쏟아져

이 나무에도 앉고
저 나무에도 앉는다

머리에 띠를 두르고

팔뚝도 걷어붙였다

땅속 칠 년 너무 길다

나무 수액 영양가 없다

우화 과정 단축과

정년 보장도 내세우더니

집시법 소음 위반으로

보름 만에 해산되었다

매미는 복지정책으로

꽃에 앉기를 요구했다

어둠을 견디고

날개도 달았으니

꿀 한번 빨아보는 게

소원이라고 외쳤다

-「매미의 파업」 전문

매미는 7년 동안 땅속에서 살다가 지상에 나와 여름 한 철 울고 가는 곤충이다. 별도의 집도 없고, 먹는 거라고는 그저 아침이슬 몇 방울과 나무 수액뿐이다. 이런 매미를 선인들은 오덕을 가진 영물이라 칭송했다. 곧게 뻗은 매미의 입이 선비의 갓끈을 의미하여 문文이라 하고, 맑은 이슬과 나무 수액만을 먹고살아 청淸이라 하고, 남이 지어 놓은 곡식을 탐하지 않는다고 하여 염廉이라 하고, 다른 곤충처럼 살 집을 만들지 않는다고 하여 검儉이라 하고, 허물을 벗고 하늘을 보며 죽을 때를 지키는 것을 신信이라 한다. 이와 같은 매미의 오덕은 오늘날에도 '군자오덕君子五德'으로 삼을 만큼 중요한 의미를 지녔다.

그런 매미가 파업했다. 군자의 덕을 가진 영물이 파업했으니 보통 문제가 아니다. 한여름 '하늘에서 매미 울음'이 '우박처럼 쏟아'진다. '이 나무에도 앉고/저 나무에도 앉'으면서 '머리에 띠를 두르고/팔뚝도 걷어붙였다'. 그들의 요구는 무엇인가. '땅속 칠 년 너무 길다/나무 수액 영양가 없다'. 생존에 관한 근원적인 요구다. '나무 수액'의 '영양가'가 없으니 보충해 달라고 한다. 청렴과 근검이 미덕이던 매미가 명예 따위는 안중에도 없다. '우화 과정'을 '단축'하라. '정년'을 '보장'하라고 요구하다가 '집시법 소음 위반으로' '보름 만에' 강제로 '해산' 당했다. 그러나 그들은 끝까지 저항하고 투쟁했다. '매미는' 그들의 '복지정책으로/꽃에 앉기를 요구했다'. '어둠을 견디고/날개도 달았으니//꿀 한번 빨아보는 게/소원이라고 외쳤다'. 자리에 관한 한 한치의 작은 양보도 있을 수 없다.

「매미의 파업」은 현대 한국 사회가 안고 있는 파업에 대한 현실을 한 편의 시조로 의인화擬人化하여 풍자와 교훈을 보이는 우화寓話로 절묘하게 풍유한다. 표면에 제시된 어떤 사실에 우의寓意 Allegory를 감추어 놓고 매미를 이용하여 인간의 행위를 폭로하면서 신랄하게 야유한다. 「매미의 파업」은 흥미를 불러일으키고, 이 흥미에 비례해서 그 안에 담긴 풍자적 의미를 강화하는 기법을 보인다.

십삼 년 받지 못한
하멜의 임금을 청구합니다

아름답던 큰 배는
난파선으로 변하고

이십 대 꿈 많던 그는
사십 대가 되었습니다

사십 년 받지 못한

시인의 임금을 청구합니다

곱슬곱슬 검던 머리는
파뿌리로 변하고

이십 대 젊은 꿈은
나이를 먹어 갑니다

서기관으로 표류기를 쓴
하멜에게 동인도회사는

변호인으로 삶의 애환을 쓴
시인에게 독자 여러분은

임금과 살만한 세상을
각각 지급해 주세요

-「하멜과 시인의 임금 청구서」 전문

　　결국「매미의 파업」은「하멜과 시인의 임금 청구서」로
이어진다. 헨드릭 하멜은 네덜란드 동인도회사의 서기
겸 선원이다. 1653년부터 1666년까지 13년 동안 조선에
살았으며,『하멜 표류기』를 쓴 것으로 유명하다. 하멜은

표류기를 펴내서 15년 치의 밀린 임금을 받았다. 하멜이 저작권료를 받은 것에 착안하여「하멜과 시인의 임금 청구서」를 내민다. 하멜이 타고 온 크고 '아름답던' 배는 '난파선으로 변하고', '이십 대 꿈 많던' 젊은이는 '사십 대가 되었'다. 화자 또한 '사십 년' 동안 시인으로 일했기에 '변호인으로 삶의 애환을 쓴//시인에게 독자 여러분은', 동인도회사가 하멜에게 임금을 지급한 것처럼 '살만한 세상을' 지급해 달라는 것이다.

진혜정 시인은 시조의 특장이라고 할 수 있는 알레고리를 활용하여 시조 읽기의 재미를 더한다. '내 인생사도 한쪽쯤/다시 쓸까 물으니' (「시인 서사」), '알곡을 못 건져내고'(「마음 조리질」), '색깔이 덜 예쁜/범표신발을 살걸 그랬다고//고호처럼 자책하며/면도칼을 빼'(「그때 말 표신발은 어디로 달아났을까」)든다. '산수유꽃 좋아하던/배롱나무꽃 닮았던//산그늘이 된 너는/외로워 찾아간 내게//이승이 더 살만하다'(「거짓말, 참말」)라고 하면서 '죽는 것과 미치는 것 중/어느 게 다행인지//서울 강남 한복판에/삼삼오오 모인 쥐들이'(「현대판 쥐」) 회의를 하고, '목이 긴 거북이를/수족관에서 만'(「그 작자」)나거나, '돼지 방광'을 '동양 아이들은 오줌을 빼내고/바람을 넣었고, 서양 화가들은 오줌을 빼내고/안료를 넣었'(「미안 돼지」)다고 하는 둥 사물이나 동물의 양태를 빌어 인

간의 삶을 야유하고 풍자하면서 「주연 희망 쪽대본」을
그리기도 한다.

하늘나리꽃 같은 당신이 덜 외로웠으면 좋겠다

　진혜정은 배려하는 마음이 가득한 시인이다. 사람들
은 쉽게 외로움을 느끼고, 자신의 존재 가치에 대해 회의
하기도 한다. 사람들의 생활 양식이 변화하여 타인에 대
한 무관심이 점차 간과할 수 없는 사회 문제가 되어가
고 있다. 이런 사람들의 인식에 대해 시인은 따뜻한 관
심을 보인다. 하늘나리꽃 같은 사람들이 덜 외롭고, 덜
아팠으면 좋겠다는 것이다.

　　청마기념관에는 빛바랜
　　아내의 초상

　　사랑에 눈멀어
　　처자식을 내려놓은

　　멀끔한 사내 옆에서
　　가족사진을 박았다

〈

물 같은 그 여인을
감내했던 본처 자리

파도 같은 제 사내를
원망하다 피멍 든

허공에 매달지 못한
애달픔이 펄럭인다

속병도 청승도
환갑에 드니 갑절이다

나도 총총히 우체국에 가서
"사랑하는 것은 행복하나니라"

청마의 아내에게로
편지 구절을 보낸다

- 「청마 아내」 전문

　　진혜정 시인이 청마기념관에 갔다. 전시실을 둘러보면
서 사람들은 청마의 시와 그의 사랑 이야기에 관심을 기울인다. 이런 상황에서 화자는 「청마 아내」의 사진을 보게 된다. 그것은 '멀끔한 사내' 청마와 자녀 사이에서 '빛바랜' 얼굴로 형상화된다. '뭍 같은 그 여인을/감내했던 본처 자리//파도 같은 제 사내를/원망하다 피멍 든//허공에 매달지 못한/애달픔이 펄럭'이는 모습을 바라본다. 이영도에게 편지를 쓰는 지아비 청마를 보는 아내의 심정은 어떠했을까. 누군가의 아내로 살아가면서 '속병도 청승도/환갑에 드니 갑절'로 드러난다며, 그런 마음을 담아 '나도 총총히 우체국에 가서' 저들이 속삭인 "사랑하는 것은 행복하나니라"라는 말을 되뇌면서 감성에 젖어 든 화자는 속울음을 울고 있을 「청마 아내」에게 공감의 감정을 편지에 담아 보내겠다는 배려의 마음을 내보인다.

별이 많은 밤을 골라
그녀의 유품을 정리했다

낮에는 동백나무
그늘에서 울다가

떨어져 누운 꽃 하나와 그만 눈이 마주쳤다

얼마 전 세찬 비

내릴 때 졌나 보다

견딜 재간이 없었던 걸까

이 작은 아기꽃

향기를 머금은 채로 바닥과 닿아 있다

무섭고 두려웠을

추락을 견뎌내고

냉기와도 맞서서

다시 생의 연을 맺어

내 눈물 닦아주러 온다 제 설움을 피우고

- 「동백, 마주치다」 전문

　동백꽃은 경칩이 되기 훨씬 전부터 핀다. 대략 11월 말부터 꽃을 피우기 시작해서 2~3월에 만발한다. 이 시기에는 곤충이 별로 없기 때문에 곤충이 아닌 새에게 수정을 맡기는 조매화鳥媒花이다. 아름다운 꽃이 거칠고 쓸쓸한 겨울에 피어 사람들의 눈길을 끈다. 대개 꽃들은 꽃잎이 하나씩 떨어지지만, 동백꽃은 통째로 떨어지기 때문에, 예로부터 여인이나 선비의 절개와 지조를 상징하기도 했다.

시인은 「동백, 마주치다」에서 두 번 피는 동백꽃을 노래했다. 동백꽃은 나무에서 한 번, 땅에 떨어져서도 한 번, 두 번 피는 꽃이다. 그 꽃은 '별이 많은 밤을 골라/ 그녀의 유품을 정리했다'. '낮에는 동백나무/그늘에서 울다가//떨어져 누운 꽃 하나와 그만 눈이 마주'치게 된다. '세찬 비'를 맞고 떨어진 '작은 아기꽃'은 '바닥'에 떨어져 두려운 '추락을 견뎌내'면서 '냉기'와 맞서기도 한다. 그러면서 '제 설움을 피우고' 나아가 화자의 '눈물을 닦아 주러 온다'고 했다. 떨어진 동백꽃 한 송이에도 사랑과 배려의 눈길을 보낸다.

코피가 터졌나 보다 꽃물 뚝뚝 떨어진다

어머니는 부드러우면서 강하고, 엄하면서 자애롭다. 어머니의 역할은 자녀들을 기르고 가르치는 책임 외에도 부과된 임무가 많다. 가정주부로서 살림을 책임져야 하고, 가족관계를 원만히 이끄는 역할까지 해야 한다. 그러나 우리의 어머니들은 무엇보다 자녀를 기르고 가르

치는 의무를 소중히 생각하였으며, 자신의 희생을 보람
으로 여겼다.

진혜정 시인에게 어머니는 남다른 존재였다. 화자를
위해 헌신하고 자애를 베푼 어머니에 대해 한없이 너그
럽고 인자함을 느끼고 있음을 '코피가 터져 꽃물 뚝뚝
떨어'지도록 진한 감동을 그리고 있다.

꽃 몇 놈이 우르르 달려와
나를 때려눕혔다

일대일로 붙어야지
뒤통수가 얼얼하다

코피가 터졌나 보다 꽃물 뚝뚝 떨어진다

공부도 잘 하제
상도 많이 받아 오제

내 우찌 내 손으로
니 대학 가는 길을 막겠더노

그래마 까먹었다카고 일부러 안 사다 줬지

〈

엄마는 무식해서

원서 하나를 못 사 오노

시험 친 애들 다 붙었는데

나도 붙고도 남았겠다

여고 때 9급 공무원 시험 못 친 나는 대학을 갔다

-「봄의 꿍꿍이」 전문

   어머니는 자녀를 위해 간혹 구실을 찾게 된다. 자녀의 미래를 위해 문제 해결을 위해 자녀의 상담역할을 해야 하고, 때로는 앞장서서 희생적인 노력도 한다. 어머니는 새 세대의 건전한 출발을 위하여 끊임없이 보살피고 또한 그것을 의무라고 생각하기도 한다. 어머니가 감당해야 할 임무는 다양하고도 큰 것이었다.

   「봄의 꿍꿍이」는 오래전에 있었던 일이 서사와 함께 토박이말로 구현되어 재미있게 읽히는 작품이다. '꽃 몇 놈이 우르르 달려와/나를 때려눕혔다(중략) 코피가 터졌나 보다 꽃물 뚝뚝 떨어진다'의 첫 수는 어머니의 말씀을 '꽃 몇 놈'에, 어머니를 '봄'에 비유했음을 알려준다. 화자는 공무원 시험을 치기 위해 어머니에게 공무원 원서를 사다 달라고 조른다. 그러나 어머니는 딸을 대학에 보내기 위해 '까먹었다카고 일부러' 사다 주지 않는다. '엄마는 무식해서/원서 하나를 못 사 오노//시험 친 애들 다 붙었는데/나도 붙고도 남았겠다'라고 투정을 부린다. 그러나 3수 종장에 와서 '여고 때 9급 공무원 시험 못 친 나는 대학을 갔다'며 대반전을 한다. 딸을 대학에 보내기 위해 일부러 공무원 원서를 사다 주지 않으면서 짐짓 잊어버렸다며, 눙치는 어머니와 그 사실로 인하여 대학에 진학하게 되고, 교사로 평생을 지내게 된 고마움을 담담하게 그려냈다.

그러한 사실을 세월이 한 참 지난 뒤 어머니의 회고를 통해 알게 된다. 오래전의 에피소드가 압축과 절제를 통한 묘사와 진술로 그려져 화자의 서사성 구어체 대화가 읽히는 시조의 전범처럼 다가온다.

엉가 니는 철도 없이
와 자꾸 맛있다카노

계곡에서 방앗간으로
대야를 거쳐 냄비로

스캔들scandal 피우고 다닌

통통한 놈 몇 삼켰기로

떫은맛 우려내고

잘 저어서 맛있제 그쟈?

큰 딸내미 좋아한다고

짬짬이 만드셨다는

단술과 도토리묵에

링거가 꽂힌다

엄마 야는 너무 달아

쟈는 좀 쌉싸래하고

밀치고 돌아온 그날

싸 줄까 묻던 어머니

이중섭 춤추는 가족

도슨트를 듣는다

-「속수무책」전문

「속수무책」도 「봄의 꿍꿍이」처럼 어머니와 있었던 일

화가 서사로 깔려있다. 어머니는 출가한 딸이 좋아했던 음식을 뭐든지 해주고 싶다. 딸은 친정에 오면 어머니가 해 놓으신 음식을 먹으며 '맛있다'를 연발한다. 그러나 어머니의 고생을 지켜본 동생은 '엉가 니는 철도 없이/와 자꾸 맛있다카노'라며, 짐짓 나무라는 듯한 발언을 한다. '계곡에서 방앗간으로/대야를 거쳐 냄비로//스캔들scandal 피우고 다닌/통통한 놈 몇 삼켰기로'는 도토리묵을 만드는 과정을 바람난 남정네에 비유하여 시조 읽기의 재미를 더한다. 화자는 어머니의 수고로움을 덜기 위해 '엄마 야는 너무 달아/쟈는 좀 쌉싸래하'다면서 손맛에 대해 투정을 부린다. 그러나 딸의 속셈을 알아차린 어머니는 막무가내로 싸주려고 한다. 여기서 가족과 함께하는 행복을 그리워한 '이중섭'의 '춤추는 가족'을 등장시켜 그리운 가족에 대한 도슨트의 안내를 듣는 것으로 반전을 꾀한다.

화자의 어머니에 대한 사랑은 '어머닌 가는 세월을/호미로 막'(「땅으로 흐르는 일생」)기도 하고, '쌀보다 하얀 달빛이/꽃비처럼 내'(「부끄러움의 무게」)리기도 한다. 가을이 오면 '살기는 괜찮냐시며/하늘길 열고 오'(「어서 오세요」)시는 것으로 그려지기도 한다.

솔바람 같은 그대는 과녁처럼 멀리 있다

시인은 「옥상 정원의 나무」를 보면서 '구름도 정답고/ 하늘도 가까운데//솔바람 같은 그대는 과녁처럼 멀리 있다'고 한다. 화자가 보이는 삶의 방식은 대체로 긍정적이다. 따뜻한 감성을 내포하며, 이타적 관심과 배려를 보인다. 순간의 감정에 휘둘리지 않고, 객관적이고 합리적인 유연성을 함의하고 있다. 가까이하고 싶은 '그대는 과녁처럼 멀리 있'지만, 오히려 가까이하고 싶은 자신의 욕구를 보여주는 것과 다름없다.

전생에서 이어져 온
안타까운 내 사랑은

그대를 눈앞에 두고
찰나에 비껴갔다

현생도 글렀나 보다
바람으로나 떠돌까

사랑도 씨앗이어서
유통기한이 있을 텐데

〈

억겁을 거슬러 올라도

변함없는 내 사랑

이렇게 눈물 보태면

철없이 또 싹이 날라

떡잎이 생겨나서

예쁜 꽃이 자꾸 피면

꽃향기 진동해서

그대 알고 찾아오려나

멀리서 오는 발소리에

또 몸살을 앓으려나

-「사랑 유통기한」 전문

유통기한流通期限, Expiration Date은 특정 제품이 만들어진 후 시중에 유통될 수 있는 기한을 뜻한다. 일반적으로 식품판매에 많이 사용하며, 식품의 신선도를 나타낸다. 유통기한이란 소비자에게 판매가 허용되는 기한을 뜻하며, 이 기간이 넘은 후에도 해당 상품을 계속 판매하는 것은 위법 행위에 해당한다.

그런데 화자는 '사랑'도 '유통기한'이 있는지 의문을 갖게 된다. '전생에서 이어져 온' '사랑'이 '그대를 눈앞에 두고/찰나에 비껴갔'으니 안타깝기가 그지없다. 그러면서 '사랑도 씨앗이어서/유통기한이 있을 텐데', '억겁을 거슬러 올라도' 자신의 사랑은 변함이 없으니, 유통기한도 없다는 것이다. 자신의 사랑이 지극하여 '예쁜 꽃'을 피우면 '꽃향기'가 '진동'하고, 그 냄새를 '그대 알고 찾아오'기를 기다리는 화자의 마음이 잘 드러난다.

영화를 보는 내내
근의 공식이 궁금했다

슬픔에도 증명이
필요한 것인지

친구는 우는 나에게
이유를 물었다

어떻게 식을 세워야
풀이가 가능할까

〈

사랑일 때 사랑을 모른

이별일 때 이별을 모른

스무 살 철없는 네가

방정식을 풀고 있다

초록대문 정릉한옥 짝퉁옷 건축모형

어떤 계수를 대입해도

해답이 멀리 있다

똑똑똑 루트 안의 이층집 물음에 물든다

- 「루트 안의 이층집 -건축학개론 다시 보기」 전문

    사랑의 감정을 영화 '건축학개론'에 견주는 이색작품
이다. '근의 공식'은 수학 용어로 이차방정식의 계수를
가지고 해를 구하는 공식을 뜻한다. 1수 초장에서 '영화
를 보는 내내/근의 공식이 궁금'하다니 무슨 영화를 어
떻게 봤는지가 더 궁금하다. 중·종장에서 '슬픔에도 증
명이/필요한 것인지//친구는 우는 나에게/이유를' 묻는
것으로 의문에 대한 단서를 제공한다. 2수 중장에서 '사
랑일 때 사랑을 모른/이별일 때 이별을 모른' 사실을 밝

히고, 종장에서 '스무 살 철없는 네가/방정식을 풀고 있다'는 말로 그 이유를 제시한다. 3수 초·중장에서 '초록 대문 정릉한옥 짝퉁옷 건축모형/어떤 계수를 대입해도/해답이 멀리 있다'고 한다. 그러나 종장에서는 '루트 안의 이층집 물음에 물든다'면서 사랑의 감정이나 사람 사는 일에는 '물음'이 함께함을 강조한다. 루트 안에 있는 식이 때로는 풀기 힘들어도 답은 있듯이, 물음과 성찰을 통해 사랑도 삶도 풀어가겠다는 의지를 보이고 있다.

화자의 인식은 인문학과 자연과학을 넘나든다. 이런 양상은 '유리 구두를 신고/신나게 춤을' 추다 '계산이 빠져나간 몸'은 '수액을 필요로' 하는데, '뒤늦게 온 동창'이 '마법을 푸는 바람에'(「마법이 풀리면」) 귀가를 서두르게 되고, '아버지와 나 사이는/평행선도 못 되고', '엑스와 와이 값을 가진/반비례로 멀었는데//좌표를 뭉개고 오는/젊은 날의 회한 한 점'(「아버지와 딸의 거리」)을 남기기도 한다. '인문학 공부라고 해서' 굳이 '철학적일 필요는 없다'(「어느 음악회」)거나, '초소형 카메라가/첩보작전을 펼'(「위내시경 후기」)치기도 한다.

나는 봄비처럼

조곤조곤 설명하고

〈

당신은 싸락눈처럼

투욱 툭 내 던진다

당신은 냉정이지만

나는 아직 열정이다

서로 다른 입장을 쓴

대본을 받아 들고

젊은 날 우리는

짬도 없이 멋도 없이

감독의 지시에 맞춰

열연하느라 바빴다

당신이 아팠을 때

내가 외로웠을 때

되돌려 보기 할 수 없는

영화는 계속 상영 중이고

대본만 외우고 있던

우리는 늙어간다

-「상영 중」 전문

　진혜정의 시조는 때로는 다소 엉뚱하지만, 새로운 감각으로 풀어낸다. 그리하여 자신의 감정을 '나는 봄비처럼/조곤조곤 설명하'다가' 당신은 싸락눈처럼/투욱 툭 내 던'지면서 '당신은 냉정이지만/나는 아직 열정이다'라고 읊조린다. 인생은 어차피 한 편의 영화이고 드라마다. '서로 다른 입장을 쓴/대본을 받아 들고//젊은 날 우리는/짬도 없이 멋도 없이//감독의 지시에 맞춰/열연하느라 바'쁘기만 했다. '당신이 아팠을 때'도 '내가 외로웠을 때'도 '되돌려 보기 할 수 없는/영화는 계속 상영 중이고//대본만 외우고 있던/우리는 늙어간다'. 그렇다. 어쩌면 우리는 연기하듯 살았다. 좋든 싫든 자신에게 주어진 역할을 그럴듯하게 해냈다. 삶의 희로애락喜怒哀樂을 체감하면서 내 인생의 주연이 되고, 때로는 조연이 되면서 나름대로 최선을 다해 살아왔고, 또 살아가야 한다.

　지금까지 우리는 진혜정 시인의 삶의 궤적과 사유 세계를 그의 시조와 함께 살펴봤다. 그의 시조는 그의 삶이 그러하듯이 진솔하면서 솔직하고 담백하다. 화려한 수식이나 난해한 시적 허용을 하지 않으면서 충분히 새로운 시조 세계를 선보인다. 그의 인생이 아직은 시나리오도 쓰지 않은 미완성 상태에서 현재 진행형으로 전개되고 있으므로 그가 보여줄 시조 또한 어떻게 변화할지는 예단하기 어렵다. 다만, 그가 결코 만만하게 그의 삶과 사유 세계를 갈무리하지는 않을 것이라는 확신과 신뢰를 준다.

그가 펼쳐갈 미래 세계가 자못 궁금하다.

상상인 시선 058

루트안의 이층집

지은이 진혜정

초판인쇄 2025년 3월 26일 **초판발행** 2025년 4월 5일

펴낸곳 도서출판 상상인 **편집주간** 황정산 **펴낸이** 진혜진

표지디자인 최혜원 **기획·마케팅** 전은빈 최유림 노혜림 정현수

책임교정 길상화 **편집** 세종PNP

등록번호 제572-96-00959호 **등록일자** 2019년 6월 25일

주소 06621 서울시 서초구 서초대로74길 29, 904호

전화번호 02-747-1367, 010-7371-1871

팩스 02-747-1877 **전자우편** ssaangin@hanmail.net

ISBN 979-11-93093-86-3 (03810)

값 12,000원